A HORRIBLY WONDERFUL STORY

Jose R. Irías

To order additional copies of this book, contact:
Xlibris
1-888-795-4274
www.Xlibris.com
Orders@Xlibris.com

PREFACE

The following is a story that is about to or could be or there will be a warning alarm that will happen. For others it will simply be a fictional story like any other. Others will take it as an application to a current reality, whatever the reason I ask you not to stop reading it. I hope this may change your way of seeing life.

I am not a writer. I also do not write novels. Nor do I believe much in dreams, because I think that in a certain way they reflect the type of subconscious that one possesses. But I do believe that there is an all-powerful, sovereign God who rules over the entire universe, and who loves all his creatures without distinction of class, race, creed, color, culture and language. He has always sought to have a very close relationship with his creatures much more than we think or could ever imagine. Through the centuries he has always sought ways to communicate with us and reveal his good intentions to everyone. However, unfortunately human beings in a surprising way, consciously or unconsciously ignore the call that this wonderful God makes us his creatures. Arrogantly we live without him or far from him, as if the only purpose of our existence is simply to be born and come to this life and live it to only wait for death. And after this, what? Some believe that human beings simply cease to exist and die with everything else such as memories, experiences, etc. Others believe that man enters a process of reincarnation and that his previous life was only the state of previous lives and that he will then return to this world transformed into another character. Others, believe in the immortality of man. That what perishes is matter, but that man is also a spiritual being and therefore eternal, that never perishes, because in a certain way he has been created in the image and likeness of his creator and therefore his death is a process of transition and that at death will have an eternal destiny either for better or for worse. I do not know what you believe in. But it is my desire that after reading the following story you can understand more clearly your reason for existing. The story will do it in the third person although I experienced it first. I do not want to abuse your curiosity anymore so I proceed to tell it to you. May God bless you!

Jabeth was a young man in a certain important city in a certain country. Its lights shone at night, and it was an immensely active city both day and night. Like any other city. A lot of market. It promised prosperity, because its inhabitants were very hard working and industrious. Jabeth, helped in the business of his father, but at the same time was a believer in a magnificent, high and sublime divinity that many of these believers call God, others call him YAHWEH or ELOHIM, and occupied his free time along with other friends who shared the same feelings towards this wonderful divinity, to help people in one way or another with their problems, burdens, sorrows, anxieties, fears. His cheering words gave encouragement and relief to many tormented souls. Jabeth was so glad to serve that way.

He loved his father very much and he loved working in his business, because this at the same time gave him the opportunity to meet many people, where he realized that there were many needs in them. Some were desperate, others distressed, others with harder hearts and incredulous before a new beginning perhaps by the blows of life. Whatever the reason. Jabeth loved listening to each one of them shared words of consolation, hope and relief to their tired souls.

He was once attending his father's business. Where this horribly wonderful story started to take place.

Jabeth was in his city in his father's business. When he suddenly knew in a very unclear way that a great judgment would come upon the entire humanity from this God of love and compassion who desperately sought to once again have contact with his creatures. Visitors from another world would come and bring with them a horribly destructive plague not only because of the dimensions of its global reach, but also because of the deadly effects it would bring. But before these visitors would arrive, there would be a warning of a great tremor or earthquake that would shake their city. So that if this happened, Jabeth would be sure that it would be a sign from above of this devastating reality.

It was almost seven o'clock at night, and it was beginning to get dark, when the news began in a simultaneous way to warn the population of the coming of a great tremor. This warning seemed of great urgency with very little preparation time. Less than when the population is warned of a tornado or hurricane. What many others could do was to close their businesses and take refuge in their homes until everything had happened. The population was warned that something terrible was about to happen.

On the other hand, Jabeth, knew in his heart that this would be more than just an earthquake, that it was the sign of the coming of these outer visitors with this terrible plague for humanity. So, the worst thing would not be the great tremor, but the coming of these beings. But what could Jabeth do? He was just a simple and ordinary human being. He had no great influence, not even in the political, social, and economic media. The only people he knew were others who, like Him, had their own principles and convictions about God and life.

The time came for the great tremor and Jabeth took refuge in his father's business along with many other people, including family, friends and clients. Closing the main entrance of the business and, locking it with a large keyhole. Waiting for the worst to happen. The foundations of the building began to wobble. Everything around trembled. The appearance of others looked very scared but in spite of what was happening, Jabeth did not lose his looking up, towards the reddish sky, typical of a serene sunset.

Suddenly, two beings appeared with a very different aspect than any human being. They were wearing white dresses. Very white, almost transparent, with resplendent rays. Their clothes were kind of dirty, almost torn, as if a bride in her white dress had passed through a dense forest. Their appearances are very difficult to describe. Jabeth was curious to see their faces from afar, but for fear of meeting their terrible gaze, he fled from it. Although in the inside, Jabeth knew that visitors knew he was there. He hid behind the broken window. Fearing to meet them, but it was at the same time impossible to hide from them.

These beings extending their arms towards the air pronounced a sentence on humanity. Thus unleashing the terrible plague. Almost immediately, a young girl who was closest to those beings had changed her skin color. From white to reddish, from reddish to dark brown, beginning to sprout dark spots that were then opened until their flesh was exposed, leaving blood mixed with a horrible infection. Then the flesh was falling off her body as a candle melts as it burns in flames.

Jabeth covered his eyes before such a horribly scene. Then, these beings looked directly into his eyes and Jabeth thought that this would be the end, that he would be the next victim. But they just looked at him and left. Jabeth knew that their gaze conveyed much more than a two-hour speech. Jabeth knew that he had to be on a mission. To announce everyone about what he already knew that would happen next and that he should look for means to solve this great, disturbing problem before humanity perished completely.

The great problem was to recognize this loving and wonderful God, high and exalted. How to get to Him? How to beg for mercy? etc. He knew he had to do something, but how? He had no idea. Immersed in his thoughts, and absorbed not so much by the earthquake but by such a scene of these visitors. He was interrupted when all the noise had gone through the complaints and screams of those around him.

The scene was horrible; it seemed crazy like a hospital receiving many victims after a great disaster. Scene after scene was happening to all others as the girl he had seen. Some had died to the minutes, in others; the effect was slower but at the same time as mortal. It was a matter of hours or days for death to show up. Jabeth himself was terrified, but at the same time amazed not to run with the same fate as the great majority. He began to look for some signs of this plague in all over his body. He looked at his arms, took off his shirt to check his chest and shoulders. But nothing. As if he had been released from this trial with a purpose, remembering the look that these beings had made on him. Jabeth knew something had to be done.

He desperately went to look for his father and found him at his desk. Almost dying of the plague. They both knew that he had little time left to live. Worrying about his father, he begins to sob and cry. His father tells him that what is happening to him is not more important than it had to be done. "Son," he said, "I was also a believer in God like you. But by following my own paths and businesses I never had time to listen to Him and Share his message for humanity. That's why this has happened to me today. The only thing I can say now with tears in my eyes is that I ask that wonderful being who is the creator, to forgive me, and that I regret having ignored him all these years. Son, I must go, but you're fine because you chose what I did not want when I was younger. Keep in touch with that wonderful being who is our creator, because you have had a sensitive ear for Him. That is why He has chosen you now in the middle of this judgment to do what He has appointed you to do. Do what you know you must do, since you have seen it happening not only in our city and country but also in the entire world." "Do what?" asked Jabeth with tears in his eyes. "What you have always done, nothing more than a more specific mission. I do not know what. Just follow your instincts and the direction of that wonderful creator that enlightens you. Then, you will know his will." "Do not worry about me, after my departure I will be fine because before leaving, I have settled accounts with my creator and I leave in peace and despite this terrible judgment he is always good, and merciful to all those who humble themselves before Him and admit that He is the most exalted one. That He is the father of all creatures in this our world as those outside of it." "Go my son I'll be waiting for you when your time comes. But for now, you have a great job to do."

Having said that, his father expired with his head on the desk. Despite the sad scene of his father, his last words were of great comfort and encouragement for him to get up and leave that place in a hurry before it collapsed in the great tremor.

The first thing that came to mind was to look for that group of friends who together with him had helped many people to meet that wonderful being. Not knowing that his friends were also looking for him. Finally, once they reunited and in the midst of all the disaster around them. They had been amazed and had agreed that had met the same fate as Jabeth whom had not suffered any harm while around him there was only death and devastation. They all agreed to have seen the same beings described by him. They remember the same look, share the same fate, the same amazement and the same urge to do what they have to do.

The same great tremor and plague has completely interrupted all human daily activities. Nobody buys and sells. There are inactive railroads, abandoned airports, and empty businesses. All life in all its environment and human complications has been interrupted. Many have hidden and taken refuge in homes, buildings, caves, etc. Fleeing from the plague, or from the rubble. Everyone knows that something horrible has happened and have taken refuge due to their mortal disease, waiting only for death, just like a poisoned rat who only seeks a refuge to die. Now the human race has been reduced to that level. Where are the rich?, Where are the powerful?, Where are the kings?, Where the presidents?, Where the dictators?, Where the terrorists?, Where the celebrities? All have been reduced to what they are: Simple human beings who sadly now have to take refuge and hide from the high and most exalted one. The creator who reigns and governs. Some accept it or not. Believe it or not. It is now where man is made equal without distinction of what man himself has distinguished from one another. What is left now? Simply nothing. The only thing that matters is the human being himself. And to return to its state of lordship over all creation. He must rediscover himself with his creator. Unfortunately, many believe that He is so high and so exalted that it is impossible for man to reach Him or much less that this wonderful being be lowered to the level of the human being.

Jabeth and friends ran to the airport and with several of them who know how to fly a plane started flying around the city, then all over the country, then through the neighboring countries, and finally the whole world. The picture is repeated everywhere they go. Plague, death and devastation. The whole humanity has been sentenced and its extinction is soon to arrive. But in turn they also find people who like them have not suffered from anything because their lives have been spared in the same way as Jabeth and friends have with the purpose to be on a mission to carry a message of encouragement and hope. To speak to the world on behalf of that wonderful creator who reigns, and who only seeks to enjoy fellowship with men.

The needs of the human being are greater than those they can satisfy themselves. In addition to the devastation, the lack of resources, man isn't capable of helping because he is the victimizer. Jabeth and his friends know it very well. So, what to do?. Something must be done. But what?.

They are not engineers, doctors, politicians, city planners, scientists. As to restart everything again. But they remember something they can do. It is the same thing that people had been taught before the great tremor and the plague; to communicate and to be in contact with the highest creator who has intimate communion with the humble, the one who has a heart to love him and ears to hear him. But, how to do it? The need is urgent, the world is immensely huge and humanity is very numerous. What to do? They will first begin to establish contact with their creator, recognize their faults for themselves and for all humanity and how much they have ignored him. So far they must turn their eyes upon Him as the thirsty for a glass of water, as well as the poisoned for the potion that will save his life. Thus, like the flower and the forest for the rain, as well as the fish for the water, as well as the man in his great need to turn to his creator.

Days passed by and time was pressing. Until one day

in response to his intense search. Jabeth and his friends heard the voice of the one they had so longed to hear. The silent creator. The one that the world ignores but is a witness of its virtues and misfortunes. He whom the world does not believe, but is the one who has sustained all things with his love and great power day by day. Actually his judgment was not his evil hand, but he simply stopped sustaining the world by preventing this from happening a long time ago. He had now withdrawn his hand of grace, tenderness and power. Human beings had been exposed to a single moment of this abandonment. It was not due to his carelessness. His eyes watch over the whole world and much more in favor of those who truly invoke him, but this judgment has fallen to men themselves due to their arrogance.

Now, the one they urgently needed to answer was answering. Jabeth and his friends heard that the creator would come down from his exalted throne of glory out of this our world and that he would visit it for a short period of time. He would come to a certain region of a certain country. He would come only once. This high, wonderful, and sublime being would come to visit us in response to our search for Him, and moved by his great love for the poor condition of humanity. So they could not miss this one opportunity to ask for an audience with the only one who could save them.

When arriving at the place, Jabeth and his friends, hoped to find the creator seated in a very high, majestic, resplendent throne. That's how they had known him from the sayings he had left in the whole world about himself, and being taught for centuries. While on their way, and after having seen the horrific and spectacular appearance of his envoys during the great tremor. They were wondering, how much more tremendous would be the appearance of that sender, than of the messengers? Of The king's, than of his subjects? Of the creator, than of his creatures? But the astonishment was even greater.

He was highly exalted seated on his throne indeed, but it turns out that the wonderful and majestic creator, had taken human form as a fragile human being and with its limitations just like them. Although, you could feel and see the dimension of his power, dominion and authority both in his eyes, as in his words. It was impossible for you to look at him and he will look at you without knowing what you were thinking. His gaze was penetrating, but it did not scare you like that of the beings sent with the plague. It scared you, because you did not feel worthy to be in his presence. His gaze, besides penetrating, was of love.

According to the condition of your heart you were about to live or die in his presence. That's why, Jabeth and his friends were alive in his presence because they already had that confidence to communicate with Him without having seen Him. In that attitude of fear, reverence but at the same time confidence, Jabeth, and his friends listened to his words. His tone was of love, authority, sadness and of hope. It is very difficult to describe it, and how not? If this same wonderful being is so mysterious and at the same time he wants to reveal himself to us. Doesn't this sound contradictory? But what seeks in us, is not to be understood, but that we may believe, love and trust Him and also to acknowledge Him that He reigns over all.

Jabeth and his companions listen to the answer they so longed for to alleviate the disease of humanity. They did not come out disappointed, they heard the words they needed to hear and transmit them to everyone. **"THE ONLY THING THAT SHOULD BE MADE BY BIG AND SMALL, RICH AND POOR, POWERFUL AND NOT POWERFUL, FAMOUS AND FORGOTTEN, KINGS AND SERVANTS, PRESIDENTS AND CITIZENS, ALL. COME TO ME AND ADMIT THAT I AM THEIR CREATOR. THAT THERE IS NO ONE OR ANYBODY MORE THAN ME. THAT EVERYTHING ELSE ARE INVENTIONS THAT THEY THEMSELVES HAVE MADE WITH THE EXCUSE OF IGNORING AND FORGETTING ABOUT ME. THAT THEY MAY HAVE A HEART LIKE YOURS AND TO LOVE ME AS I HAVE LOVED THEM. IF THEY DO IT, I WILL GIVE THEIR LIVES BACK. "RECOGNIZE THAT YOU ARE THE CREATURES AND I AM YOUR CREATOR."**

These words were like a trigger of energy and hope. They could not almost wait to go out and announce the conditions to humanity. They were plain simple. But would a man be willing to bend his pride and turn to Him? That would be the hardest part. Jabeth knew they would succeed, because humanity was in deep need. So, like the thirsty one who has crossed the desert and someone offers him enough fresh water to quench his thirst. They would have liked to continue being in the presence of the wonderful creator, but the news was so good and the need so urgent that they went out into the world to give as heralds giving the good news.

On their travels, Jabeth and his friends shared the message without delay. Many welcomed it with joy and hope. Others, with some unbelief but by necessity agreed to go and present themselves before the wonderful creator. After a certain time and before the deadline, powerful men, leaders, kings, presidents, congressmen. All those who represented the entire humanity appeared before this wise and kind creator. They knelt and admitted their haughty presumption, of becoming like Him, and even ignoring Him. In a humble attitude, they promised to correct their faults from now on and live according to his designs.

Jabeth, his friends, and all who witness this scene, and after hearing each of these world representatives their declarations and terms of peace with their creator, were waiting for the reaction of the creator. The creator with a smile of satisfaction declares: **"I declare health, wealth and well-being to every man. I wish that you who have witnessed this today may announce it to the whole world. Only those who believe and receive it will be healed. Go then, I give you power and authority"**

Before such declaration, a voice is heard like a noise of joy and of many waters. Its rumble is like an army in victory, like a chorus of laughter and smiles in unison that tends to form a beautiful melody.

Now Jabeth and his friends have the potion for the disease. They still fear for the people who will not believe them. Still, they are convinced of the message and the power and authority granted to them by the creator himself.

Jabeth and one of his companions begin in their city and country, while others in their cities and countries respectively.

They say to a dying young woman thrown in the street with her clothes torn, her skin hanging from her body in a state of almost putrefaction, her old job was to bring men pleasure in exchange for money. Jabeth transmits the edict of the creator and she just simply says: **"I BELIEVE"** immediately and instantaneously, she gets up and her skin becomes soft and tender like that of a baby. The smile returns to her face. The sadness has disappeared. There is brightness in her eyes and now she cries with happiness. Now for the first time, Jabeth and his partner begin to witness the healing power of the creator's words. They realize that there is life and hope for the poor and lost humanity now. With much more joy and boldness, one by one people returns to recover what they had lost before. Not only their lives, but their health, and brightness of their eyes because of being at peace with their creator.

Now, the entrepreneur understands the reason for his living here on earth. The kings honor The KING. The rich and powerful are grateful to the one from whom all good things come. Scientists honor the one from whom everything was made and exists and is sustained. Professors give up all false teaching and theories of men, created by man to lose and to contradict themselves in their own reasoning. Criminals, atheists and all those who had lived a life contrary to what their creator had destined for them. They humbly accept their error and recognize Him as KING. Although his appearance is earthy like ours, He is **"KING OF KINGS AND LORD OF LORDS."**

Every time there are more cases of people being healed and set free of this plague, which as it was for curse and destruction can be removed by just accepting the terms and conditions of the creator.

At another case scenario, a father with his dead family and the one about to die listens to Jabeth's and partners' powerful words. And in his last breath he says: **"I BELIEVE"** he immediately comes back to life.

And so in this way, cases after cases are repeated, just as the plague was first dispersed, so is healing to whoever has ears to hear Jabeth's and companions' message. This is how this story becomes **HORRIBLY WONDERFUL**. The same can be repeated in your life.

Will you listen too? What will you do? Take Him and He will give life to your life. Not to take Him is to reject and deny Him and you will die by your own condition of need of this divine and wonderful being that you have. If you want to recognize him, say something like this: **"OH GOD. I KNOW THAT I HAVE BEEN LIVING IGNORING YOU. I KNOW THAT YOU ARE THERE- I HAVE LIVED WITH EXCUSES UNTIL NOW, I HAVE BEEN AVOIDING AND POSTPONING TO COME TO YOU - BUT NOW I WANT YOU TO LIVE IN ME. I WANT TO AKCNOWLEDGE YOU AS MY CREATOR, MY SAVIOR AND, MY LORD. YOU ARE THE ONLY HOPE FOR ME. I NEED YOU AND RENOUNCE TO LIVE A LIFE WITHOUT YOU. THANK YOU MY LORD. I ASK YOU IN THE NAME OF YOUR SON JESUS CHRIST. AMEN.**

Una Historia

Horriblemente

Maravillosa

Jose R. Irías

PREFACIO

La siguiente es una historia que esté a punto de suceder o podría estar sucediendo actualmente o tal vez habrá una alarma de aviso que sucederá. Para otros será simplemente una historia de ficción como cualquier otra. Otros la tomaran como una aplicación a una realidad actual, cualquiera sea la razón le ruego que no deje de leerla. Espero que esto cambie su manera de ver la vida.

No soy escritor. Tampoco escribo novelas. Tampoco creo mucho en sueños, pues pienso que en cierta manera reflejan el tipo de subconsciente que uno posee. Pero si creo que existe un Dios todopoderoso, soberano que gobierna sobre todo el universo, y que ama a todas sus creaturas sin distinción de clase, raza, credo, color, cultura e idioma. Él siempre ha buscado tener una relación muy de cerca con sus creaturas mucho más de lo que nosotros pensamos o pudiéramos imaginarnos. Siempre a través de los siglos ha buscado maneras de comunicarse con nosotros y revelarnos sus buenas intenciones hacia todos. Sin embargo, desafortunadamente los seres humanos de una manera sorprendente, ignoramos consciente o inconscientemente ese llamado que este maravilloso Dios nos hace a nosotros sus creaturas. Arrogantemente vivimos sin él o lejos de él, como si el único propósito de nuestra existencia es simplemente el nacer y venir a esta vida y vivirla para solamente esperar la muerte. Y después de esto ¿Qué? Algunos creen que el ser humano simplemente deja de existir y con el muere todo; sus recuerdos, memorias, experiencias, etc. Otros, creen que el hombre entra en un proceso de reencarnación y que su vida anterior solo fue el estado de otras vidas anteriores y que luego volverá a este mundo convertido en otro personaje. Otros, creen en la inmortalidad del hombre. Que lo que perece es la materia, pero que el hombre también es un ser espiritual y por consiguiente eterno, que nunca perece, por cuanto en cierta manera ha sido creado a imagen y semejanza de su creador y por lo tanto su muerte es un proceso de transición y que al morir tendrá un destino eterno ya sea para bien o para mal. No sé en que usted cree. Pero es mi deseo que después de leer la siguiente historia usted pueda entender con mayor claridad su razón de existir. El relato lo hare en tercera persona aunque lo viví en primera. No deseo abusar más de su curiosidad por lo tanto procedo a relatarlo. Que Dios le bendiga!

Jabeth se encontraba en cierta ciudad importante de cierto país. Sus luces alumbraban de noche, y era una ciudad inmensamente activa tanto de día como de noche. Como cualquier otra ciudad. Mucho mercado. Prometía prosperidad, pues sus habitantes eran muy trabajadores e industriosos. Jabeth, ayudaba en los negocios de su padre, pero a la vez era un creyente en un ser magnifico, alto y sublime a lo que muchos de estos creyentes le llaman Dios, otros le llaman YAHVEH o ELOHIM, y ocupaba su tiempo libre junto con otros amigos que compartían los mismos sentimientos hacia ese ser maravilloso, para ayudar a las personas de una manera u otra con sus problemas, cargas, tristezas, angustias, temores. Sus palabras daban aliento y alivio a muchas almas atormentadas. Jabeth se sentía contento de poder servir de esa manera

El amaba mucho a su padre y le encantaba trabajar en sus negocios, pues este a la vez le daba la oportunidad de conocer a mucha gente, donde se dio cuenta que habían muchas necesidades en ellas. Algunos se mostraban desesperados, otros afligidos, otros con corazones más endurecidos e incrédulos ante un nuevo comienzo tal vez por los golpes de la vida. Cualquiera que fuese la razón. Jabeth le encantaba escucharles a cada uno de ellos. Les compartía palabras de consolación, esperanza y alivio a sus almas cansadas.

Fue en una ocasión atendiendo los negocios de su padre. Donde ocurrió esta historia horriblemente maravillosa.

Jabeth se encontraba en su ciudad en los negocios de su padre. Cuando repentinamente supo de una manera no muy clara que un gran juicio vendría sobre la humanidad entera de parte de este Dios de amor y compasión que buscaba desesperadamente volver a tener una vez más contacto con sus creaturas. Vendrían unos visitantes de otro mundo y traerían con ellos una plaga horriblemente destructiva no solamente por las dimensiones de su alcance mundial, sino también por los efectos mortales que traería. Pero antes de que estos visitantes vinieran habría un aviso de un gran temblor o terremoto que estremecería su ciudad. De manera tal que si esto sucediera, Jabeth estaría seguro que seria una señal de lo alto ante esta devastadora realidad.

Eran casi las siete de la noche, estaba empezando a oscurecer, cuando los noticieros comienzan de una manera simultánea a advertir a la población de la venida de un gran temblor. Este aviso parecía de gran urgencia con muy poco tiempo de preparación. Menos de la que se le avisa a la población de un tornado o huracán. Lo que mas pudieron hacer muchos fue cerrar sus negocios y refugiarse en sus casas hasta que todo hubiese pasado. La población estaba advertida que algo terrible estaba por suceder.

En cambio Jabeth, sabia en su corazón que esto seria más que un terremoto, que el terremoto era la señal de la venida de estos seres visitantes no de nuestro planeta, con esta plaga terrible para la humanidad. Así que, lo peor no seria el gran temblor, sino la venida de estos seres. ¿Pero que podía hacer Jabeth? él era un simple y ordinario ser humano. No tenía gran influencia, ni en los medios políticos, sociales, económicos. Los únicos que conocían eran otras personas que como El. Tenían sus mismos principios y convicciones en cuanto a Dios y la vida.

Llego el momento del gran temblor y Jabeth se refugió en el negocio de su padre junto con muchas otras personas, entre familiares, amigos y clientes. Cerrando la gran puerta del negocio, trancándola con un gran llavín. Esperando que todo haya pasado. Los cimientos del edificio comenzaron a tambalearse. Todo temblaba alrededor. El mirando a los demás se veían muy asustados pero a pesar de lo que estaba sucediendo, Jabeth no perdía su mirada hacia arriba, hacia el cielo. El cual presentaba un color rojizo, típico de un atardecer sereno.

Repentinamente, aparecieron dos seres con un aspecto muy diferente a cualquier ser humano. Traían vestidos blancos. Muy blancos, casi transparentes, un poco resplandecientes. Digo un poco porque a la vez sus vestidos estaban un poco sucios, casi desgarrados. Asi como si una novia con su vestido blanco haya pasado por un denso bosque, con su vestido sucio y rasgado. Su aspecto es muy difícil de describir. Jabeth tenía la curiosidad de verles la cara de lejos, pero por temor a encontrarse con su terrible mirada huía de ello. Aunque en su interior Jabeth sabía que los visitantes sabían que el estaba allí. Se escondió tras la ventana rota. Temiendo encontrarse con ellos, pero era a la vez imposible esconderse de ellos.

Estos seres extendiendo sus brazos hacia el aire pronunciaron una sentencia sobre la humanidad. Desatando así la terrible plaga. Casi inmediatamente una joven de las que mas cerca estaba de esos seres. Su piel cambio. De blanca a rojiza, de rojiza a café oscura, comenzándole a brotar unas manchas oscuras que luego se les fueron abriendo hasta quedar su carne expuesta, saliendo sangre mezclada con una horrible infección. Luego la carne se le iba cayendo de su cuerpo así como una vela se derrite mientras arde en llamas.

Era un cuadro horrible esta primera muerte de esta joven de cabello largo y negro. Jabeth se tapó los ojos ante terrible escena. Luego estos seres le miraron directamente a los ojos y Jabeth pensaba que este sería su fin, que el seria la próxima víctima. Pero solo le miraron y se marcharon. Jabeth supo que la mirada de ellos le transmitían mucho más que un discurso de dos horas. Jabeth sabía que tenía que estar en una misión. Hablar a la humanidad de lo que el ya sabía que esto sucedería y que se debía buscar un medio para solucionar este gran problema antes que la humanidad pereciera completamente.

El gran problema era reconocer a este Dios amoroso y maravilloso, alto y sublime. ¿Cómo llegar a hasta El? ¿Cómo rogarle por misericordia?, etc. Sabía que tenía que hacer algo, pero ¿Cómo? No tenía idea alguna. Sumido en sus pensamientos, y absorto no tanto por el terremoto sino por semejante escena de estos visitantes. Fue interrumpido cuando todo el estruendo había pasado por las quejas y alaridos de los que estaban a su alrededor. El cuadro a su alrededor fue horrible parecía una locura como de un hospital recibiendo a muchos accidentados despues de un gran desastre. A todas las demás personas les estaba pasando lo mismo que la joven que había visto. Algunos morían a los minutos, en otros el efecto era más lento pero a la vez mortal. Era cuestión de horas o de días para su muerte. El mismo Jabeth estaba aterrado, pero a la vez maravillado de no correr con la misma suerte que la gran mayoría. Comenzó a buscarse en su cuerpo algún indicio de esta plaga. Se miró los brazos, se soltó su camisa para revisar su pecho, hombros. Pero nada. Como si hubiese quedado libre de este juicio con un propósito, acordándose de la mirada que estos seres le hicieron. Jabeth sabía que algo tenía que hacer.

Desesperadamente fue a buscar a su padre, le encontró frente a su escritorio. Casi moribundo por la plaga, tanto Jabeth como su padre sabían que le quedaba poco tiempo de vida. Jabeth preocupado por su padre, comienza a sollozar y a llorar. Su padre le dice que lo que le está pasando no es lo importante, sino que lo importante era lo que estaba por hacerse. "Hijo" le dijo "yo también fui un creyente en Dios como tú. Pero por seguir mis propios caminos y negocios nunca tuve tiempo para escucharle a Él y compartir su mensaje para la humanidad. Por eso también me ha sucedido a mí esto que tu vez hoy. Lo único que puedo decir ahora con lágrimas en mis ojos es que le pido a ese maravilloso ser que es el creador, me perdone, y que me arrepiento por haberle ignorado todos estos años. Hijo, debo de irme, pero tu estas bien porque habías escogido lo que yo no quise de joven. Mantenerte en contacto con ese ser maravilloso que es nuestro creador, y has tenido un oído sensible a Él. Por eso él te ha escogido ahora en medio de este juicio a que hagas lo que él quiere que hagas. A que hagas lo que tú sabes debes hacer, puesto que has visto lo que ha sucedido no solo en nuestra ciudad y país sino también en el mundo entero".

"¿Hacer que?" dijo Jabeth con lágrimas en sus ojos. "Lo que siempre has seguido haciendo, nada más que con una misión más específica. No sé qué. Solo sigue tus instintos y la dirección de ese creador maravilloso que te ilumina. Luego, tú sabrás que hacer. No te preocupes por mí, después de mi partida yo estaré bien pues antes de partir, me he puesto a cuentas con mi creador y me marcho en paz con El, pues a pesar de este terrible juicio Él siempre es bueno, y misericordioso para con todos aquellos que se humillen ante El y admitan que Él es el Supremo. Que Él es el padre de todas sus creaturas las de este nuestro mundo como las de fuera de él. Ve hijo mío. Te estaré esperando cuando llegue tu tiempo. Pero por ahora tienes un gran trabajo que hacer."

Habiendo dicho esto su padre expiro con su cabeza sobre el escritorio. A pesar de la triste escena de su padre, sus últimas palabras fueron de gran consuelo y aliento para que él se levantara y saliese de ese lugar de prisa antes que colapsara por el gran temblor.

Lo primero que vino a su mente fue buscar a aquel grupo de amigos que junto a él habían ayudado a muchas personas a encontrarse con ese ser maravilloso. Sin saber que lo mismo estaban haciendo sus amigos, buscándolo a él. Finalmente una vez reunidos y en medio de todo el desastre a su alrededor. Se habían asombrado y habían concordado que habían corrido la misma suerte de Jabeth que no habían sufrido daño alguno mientras a su alrededor había solamente muerte y devastación. Todos ellos concordaron haber visto a los mismos seres, con las mismas descripciones de Jabeth. Recuerdan la misma mirada, comparten la misma suerte, el mismo asombro y la misma urgencia de hacer lo que tienen que hacer.

CONVENIENCE STORE

Por el mismo gran temblor y la plaga. Estan interrumpidas por completo las actividades diarias de los seres humanos. Nadie compra y vende. Los ferrocarriles inactivos. Los aeropuertos abandonados. Los negocios vacíos. Toda la vida en todo su entorno y complicaciones humanas ha sido interrumpida.

Muchos se han escondido y refugiado en casas, edificios, cuevas, etc. Huyendo de la plaga, o de los escombros. Todos saben que algo horrible ha sucedido y se han refugiado con su mortal mal, esperando solo la muerte, así como cuando una rata ha ingerido veneno y solo busca un refugio para morir. Ahora la raza humana se ha reducido a ese nivel. ¿Dónde están los ricos?, ¿Dónde están los poderosos?, ¿Dónde están los reyes?, ¿Dónde los presidentes?, ¿Dónde los dictadores?, ¿Dónde los terroristas?, ¿Dónde los famosos? Todos han sido reducido a lo que son: Simples seres humanos que tienen que ahora refugiarse y esconderse del alto y sublime. Del creador que reina y gobierna. Lo acepten algunos o no. Lo crean otros o no. Es ahora donde el hombre es igual sin distinción de aquello que el hombre mismo ha distinguido. ¿Ahora que queda? Simplemente nada. Lo único que importa es el mismo ser humano. Y para volver a su estado de señorío sobre toda la creación debe reencontrarse con su creador. Pero ¿Cómo? Si muchos creen que Él es tan alto y sublime que es imposible que el hombre llegue a Él o mucho menos que este ser maravilloso se baje al nivel del ser humano.

Jabeth y sus amigos corren al aeropuerto y con varios de ellos que saben pilotear un avión comienzan a volar por toda la ciudad, luego por todo el país, luego por los países vecinos, y por último el mundo entero. El cuadro se repite por dondequiera que van. Plaga, muerte y devastación. La humanidad entera ha sido sentenciada y su extinción esta pronto a llegar. Pero a su vez también encuentran personas que como ellos no han sufrido de nada pues aseguran de igual manera que Jabeth y sus amigos, tienen una misión que cumplir: llevar un mensaje de aliento y esperanza. Hablar al mundo por aquel creador maravilloso que reina, y que solo busca llamar la atención del hombre.

Las necesidades del ser humano son más grandes que las que el ser humano mismo pueda satisfacer. Pues además de la devastación, la falta de recursos, el hombre mismo es incapaz de ayudarse a sí mismo por cuanto el mismo es el victimario. Jabeth y sus amigos lo saben muy bien. Entonces ¿Qué hacer? Algo se debe hacer. ¿Pero qué?

Ellos no son ingenieros, médicos, doctores, políticos, planeadores urbanos, cientificos como para volver a reiniciar todo de nuevo. Pero se acuerdan de algo que si pueden hacer. Es lo mismo que habían enseñado a la gente antes del gran temblor y la plaga. El comunicarse y estar en contacto con el creador altísimo que tiene comunión íntima con el humilde, aquel que tiene un corazón para amarle y unos oídos para oírle. Pero ¿Como hacerlo? La necesidad es apremiante, el mundo es muy grande y la humanidad muy numerosa. ¿Qué hacer? Ellos mismos comienzan a establecer contacto con su creador, reconocen sus faltas por ellos mismos y por la humanidad entera y lo mucho que le han ignorado.

Ahora se vuelven a Él así como el sediento por un vaso de agua, así como el envenenado por la pócima que salvara su vida. Así, como la flor y el bosque por la lluvia, así como el pez por el agua, así como el hombre en su gran necesidad de volverse a su creador.

Pasaron los días y el tiempo apremiaba. Hasta que un día en respuesta a su intensa busqueda, Jabeth y sus amigos escucharon la voz de aquel que tanto anhelaban oír. El creador silencioso. Aquel que el mundo ignora pero que es testigo de sus virtudes y desventuras. Aquel que el mundo no cree, pero es el que ha sustentado todas las cosas con su amor y gran poder día a día.

Realmente su juicio no fue su mano de mal, sino que simplemente dejó de sostener el mundo impidiendo que esto sucediera hace mucho tiempo. Él ahora había retirado su mano de protección, ternura y poder. Los seres humanos habíamos sido expuestos a un solo momento de este abandono. No fue por descuido de Él. Pues sus ojos velan por el mundo entero y mucho más a favor de aquellos que le invocan de veras. Sino, por la arrogancia del hombre mismo que acarreó este juicio sobre sí mismo.

Ahora estaba contestando aquel que urgentemente necesitamos. Jabeth y sus amigos oyeron que el creador bajaría de su trono excelso de gloria fuera de este nuestro mundo y que lo visitaría por un corto periodo de tiempo. Vendrían a cierta región de cierto país. Vendría solo una vez. Este ser alto, maravilloso, y sublime les vendría a visitar en respuesta a su búsqueda y conmovido por su gran amor a la pobre condición de la humanidad. Así que no podían desaprovechar esta única oportunidad de pedir una audiencia con el único que podría salvarles.

Al llegar al lugar, Jabeth y sus amigos, esperaban encontrar al creador sentado en un trono muy alto, majestuoso, resplandeciente. Pues así le habían conocido por los dichos que el mismo había dejado en el mundo entero sobre sí mismo. Y enseñado por los siglos. Además de haber visto la horrenda y espectacular aparición de sus enviados durante el gran temblor. ¿Cuánto más tremenda sería la apariencia de aquel enviador, que la de los mensajeros? ¿La del rey, que la de sus súbditos? ¿La del creador, que la de sus creaturas? Pero el asombro fue aún mayor.

Resulta que el maravilloso y majestuoso creador, había tomado forma humana como un ser humano frágil y con sus limitaciones. Aunque podía sentirse y verse la dimensión de su poder, dominio y autoridad tanto en su mirada, como en sus palabras. Era imposible que tú le miraras y te mirara a ti sin El saber lo que estabas pensando. Su mirada era penetrante, pero no te asustaba como la de los seres enviados con la plaga. Te asustaba, porque no te sentías digno de estar en su presencia.

Su mirada además de penetrante era de amor. Según la condición de tu corazón era vivir o morir en su presencia. Por eso, Jabeth y sus amigos estaban vivos en su presencia por que ya habían tenido esa confianza de comunicarse con El sin haberle visto. En esa actitud de temor, reverencia pero a la vez confianza. Escuchan Jabeth, y sus amigos sus palabras, el tono era de amor, autoridad, tristeza y esperanza a la vez.

Es muy difícil describirlo, ¿y cómo no? Si este mismo ser maravilloso, es misterioso a la vez que desea revelarse a nosotros. ¿No suena contradictorio? Pero lo que el busca de nosotros los seres humanos no es que lo entendamos o comprendamos, sino que le creamos, le amemos y reconozcamos que El reina.

Jabeth y sus compañeros escuchan la respuesta que tanto anhelaban para el alivio del mal de la humanidad. No salieron decepcionados, escuchan las palabras que necesitaban escuchar y transmitir a la humanidad." **"LO UNICO QUE DEBEN HACER GRANDES Y PEQUENOS, RICOS Y POBRES, PODEROSOS Y NO PODEROSOS, FAMOSOS Y OLVIDADOS, REYES Y SIERVOS, PRESIDENTES Y CONCIUDADANOS, ¡ TODOS ! VENGAN A MI Y ADMITAN QUE YO SOY SU CREADOR, QUE NO HAY NADIE NI NADIE MAS QUE YO. QUE TODO LO DEMAS SON INVENTOS QUE ELLOS MISMOS HAN HECHO CON LA EXCUSA DE IGNORARME Y OLVIDARSE DE MI. QUE TENGAN UN CORAZON COMO EL DE USTEDES Y ME AMEN ASI COMO YO LES HE AMADO. SI LO HACEN, LES DARE DE VUELTA SUS VIDAS." "RECONOZCAN QUE USTEDES SON LAS CREATURAS Y YO SU CREADOR."**

Estas palabras fueron como un detonante de energía y esperanza. No podían casi esperar de salir y anunciar las condiciones a la humanidad. Eran simples y sencillas. Pero, ¿Estaría el hombre dispuesto de doblegar su orgullo y volverse a Él? Esa sería la parte más difícil. Jabeth sabía que tendrían éxito, por cuanto la humanidad estaba necesitada. Así, como el sediento que ha cruzado el desierto y alguien le ofrece suficiente agua fresca para calmar la sed. Hubiesen querido seguir estando en la presencia del maravilloso creador, pero la noticia era tan buena y la necesidad tan apremiante que salieron por el mundo para dar el anuncio.

En su viaje, Jabeth y sus amigos anunciaron sin tardanza dicho mensaje. Muchos lo recibieron con alegría y esperanza. Otros, un poco incrédulos pero por la urgente necesidad accedieron a ir y presentarse ante el maravilloso creador.

Al cabo de cierto tiempo y antes del plazo dado, los hombres poderosos, lideres, reyes, presidentes, congresistas y todos aquellos que representaban a la humanidad entera, se presentaban ante este sabio y bondadoso creador. Se arrodillaban y admitían su altanera presunción, de hacerse semejante a Él, e incluso ignorarle. En una actitud humilde, prometen de ahora en adelante corregir sus faltas y vivir de acuerdo a los designios dados por El.

Jabeth, sus amigos y todos los que presencian esta escena, y después de oír cada uno de estos representantes mundiales sus declaraciones y términos de paz con su creador, estaban a la espera de la reacción del creador. El creador con una sonrisa de satisfacción, proclama: **"Declaro sanidad, salud y bienestar a todo hombre. Deseo que ustedes que han sido testigos de esto que hoy ha acontecido, lo anuncien a todo el mundo. Solo será sano aquel que les crea y lo reciba. Vayan pues, les doy poder y autoridad"**

Ante dicha declaración, se escucha una voz como de estruendo de júbilo y de muchas aguas. Su estruendo es como de un ejército en victoria, como un coro de carcajadas y sonrisas al unísono que suele formar una bella melodía.

Ahora Jabeth y sus amigos tienen la pócima para el mal. Tienen todavía temor por la gente que no les creerán, sin embargo están convencidos del mensaje y el poder que poseen por la autoridad comendada por el creador mismo.

Jabeth y uno de sus compañeros comienzan en su ciudad y país, mientras sus otros muchos de sus compañeros comienzan por sus ciudades y países respectivamente.

Dicen a una joven moribunda arrojada en la calle con sus vestidos rasgados, su piel colgando de su cuerpo en estado casi de putrefacción, su antiguo trabajo era llevar placer a los hombres a cambio de dinero. Jabeth y sus amigos le transmiten el edicto del creador y ella simplemente dice: **"CREO"** inmediata e instantáneamente, se levanta y su piel se vuelve suave y tierna como la de un bebe. La sonrisa vuelve a su rostro. Ha desaparecido la tristeza. Hay brillo en sus ojos y ahora llora de felicidad. Ahora por primera vez, Jabeth y su compañero empiezan a presenciar el poder curativo de las palabras del creador. Se dan cuenta que ahora hay vida y esperanza para la humanidad perdida. Ahora salen con mucha más alegría y mayor denuedo. Una a una las personas vuelven a recobrar lo que habían perdido antes. No solo sus vidas, su salud, pero ahora el brillo de sus ojos vuelve a ella por estar en paz con su creador.

Ahora el empresario entiende la razon de su existir aquí en la tierra. Ahora los reyes honran al REY. Los ricos y poderosos estan agradecidos con aquel de quien viene todo lo bueno. Los científicos honran a aquel del cual proceden todas las cosas y por quien todo fue hecho, existe y se mantiene. Los profesores renuncian a toda falsa enseñanza y teorías de hombres, creadas por el hombre para perderse así mismo y contradecirse en sus propios razonamientos. Los criminales, ateos y todos aquellos que habían llevado una vida contraria a lo que su creador les había destinado, ahora humildemente aceptan su error y le reconocen como tal aunque su apariencia sea terrena como la nuestra, Él es **"REY DE REYES Y SENOR DE SENORES"**

Cada vez son más los casos de personas sanadas y libres de esta plaga; así como fue para maldición y destrucción, ahora puede ser quitada con tan solo aceptar la condición del creador.

Otro caso, Un padre con su familia muerta y él a punto de morir, escucha las palabras poderosas de Jabeth y su compañero y en su último respiro y aliento dice: **"CREO"** e inmediatamente vuelve a vivir.

Y así de esta manera, se repiten casos tras casos, así como se dispersó la plaga, así también la sanidad para todo aquel que oye y escucha el mensaje de Jabeth y sus compañeros. Es así como esta historia se vuelve **horriblemente maravillosa**. Lo mismo se puede repetir en tu vida.

¿Lo escucharas tú? ¿Qué harás? Tómalo y dará vida a tu vida. No tomarlo es desecharlo y morirás en tu propia condición por la necesidad de creer en este ser divino y maravilloso que tienes. Si le quieres reconocer, cierra tus ojos y dile en oración algo así: **"OH DIOS. SE QUE HE VIVIDO IGNORANDOTE. SE QUE ESTAS ALLI –HASTA AHORA HE VIVIDO CON EXCUSAS PARA NO VENIR A TI- PERO AHORA QUIERO QUE VIVAS EN MI. QUIERO RECONOCERTE COMO MI CREADOR, MI SALVADOR Y MI SENOR. ERES LA UNICA ESPERANZA PARA MÍ. TE NECESITO Y RENUNCIO A VIVIR UNA VIDA SIN TI. GRACIAS SENOR. TE LO PIDO EN EL NOMBRE DE TU HIJO JESUCRISTO. AMÉN.**

CPSIA information can be obtained
at www.ICGtesting.com
Printed in the USA
BVHW021657160419
545688BV00012B/222/P